coordenação editorial
Sálvio Nienkötter

editor executivo
Claudecir de Oliveira Rocha

editor-adjunto
Daniel Osiecki

capa | projeto gráfico
Paula Villa Nova

produção
Cristiane Nienkötter

Dados Internacionais de Catalogação na Publicação (CIP)
Angélica Llacqua CRB-8/7057

Maffei, Luis
Conjura | Luis Maffei
Curitiba: Kotter Editorial, 2023.
62 p.

ISBN 978-65-5361-187-0

1. Literatura brasileira I. Título Conjura

23-0926 CDD B869.1

1ª edição

Kotter Editorial
Rua das Cerejeiras, 194 | Curitiba | PR | 82700-510
+55 41 3585-5161 | www.kotter.com.br | contato@kotter.com.br

Kotter Editorial 2023

CONJURA

Luis Maffei

1 CONTRÁRIO DA EXISTÊNCIA

2 A PAIXÃO

3 SAGRADO ÍNTIMO

BREATHE

Poesia: é qualquer coisa que pode significar uma mudança
[na respiração
I can't breathe
Poesia: é qualquer coisa que pode significar respiração
I can breathe branco no Brasil
I can't breathe vivo no Brasil
I just breathe cabelos árvore cinza
Poesia: pode significar mudança
I can breathe
I can't breathe branco no Brasil poesia
Poesia: qualquer coisa que pode
I can't
Poesia: é coisa significar
I can't coisa
I can't mudança
Poesia: é coisa que pode mudança
I can respiração
I can't breathe
Poesia: qualquer coisa que pode significar uma mudança na
[morte
Poesia: pode morte
Poesia: can't breathe no Brasil
I can't Brasil e seus cabelos de cinza

Poesia: é qualquer coisa que pode significar uma mudança
[na língua
A língua aqui não dobra
Poesia: pode significar uma língua dobrada
Poesia: mudança na língua
I can't língua vivo no Brasil

Poesia: é qualquer coisa que pode significar uma respiração alterada
Como o sexo contigo
Como teu sexo e o meu
Poesia: é qualquer coisa que pode significar uma respiração
[mais quente
I can't quente
I can't breathe e é muito calor
(I can't breathe Amazônia)
Poesia: é qualquer coisa que chora os cabelos de cinza num país
[câmara de gás
Poesia: é qualquer coisa que chora a mudança na respiração
I can't breathe
I can breathe branco no Brasil

Poesia: é qualquer coisa que pode significar uma mudança na
[oração
Poesia: coisa que aperta a garganta
Poesia: é qualquer coisa que alivia o aperto na nossa garganta
[de fumaça
I can't breathe
I can't outra língua de respiração onde poesia
Poesia: é qualquer coisa que muda nossa respiração
I can breathe
I can't mais que breathe sôfrego num país esfumaçado
It can't breathe
It can't breathe
It can't breathe câmara de gás
Poesia: é qualquer coisa que pode significar a fuga da câmara de gás
Poesia: muda a respiração que pode atravessar o diafragma
Poesia: qualquer coisa que gostaria de ser um balão de oxigênio
(I can't Pantanal breathe)

Brasil: é qualquer coisa que pode significar uma impossibilidade
[de respiração
É qualquer coisa que pode significar quase nada
É qualquer coisa que pode significar não respirar
[nem por aparelhos
É coisa que não pode
It can't breathe
It can't breathe câmara de gás
It can't breathe câmara de gás e nem percebe
I can breathe branco no Brasil
I can breathe homem no Brasil
Mas não
It can't breathe cinza I can't breathe
É que a poesia: é qualquer coisa que pode significar uma mudança
[na respiração
É que o Brasil: é qualquer coisa que pode significar uma
[interrupção da respiração
É qualquer coisa fumaça cinza
I can't breathe
É que o presente põe seus joelhos nas gargantas sempre expostas
I can breathe
É que a poesia acaba sendo a porta giratória da câmara de gás
I can breathe

Poesia: é qualquer coisa que pode significar o teu corpo andando
[pela casa
I can breathe
Poesia: qualquer coisa que procura ardorosamente atingir o que
[é teu corpo andando pelo meu
I can drool
Poesia: é qualquer coisa que pode significar uma mudança
[na respiração

Poesia: é qualquer coisa que pode significar a menor servidão
[possível a um tempo
I can't breathe
É que a poesia: é qualquer coisa que pode significar uma
[mudança na
Uma mudança de
Uma mudança com
Poesia: é qualquer coisa que pode apagar um país
É qualquer coisa esquissa que você
É ela e você um país

Poesia: é o não acabou de um enorme fim

CONTRÁRIO DA EXISTÊNCIA

PARRESÍA

Para Laura

Michael Jackson invadiu uma aula de
Michel Foucault na forma de uma K7
que fez som na hora errada

Michel e Michael têm o mesmo nome
quase

Michel falava de parresía antes de morrer
Michael falava de outras coisas
Ambos morreram num 25 de julho

A verdade habita tempos de verdade alguma
(então não habita)
quando dizer a parresía
(If you live it off the wall)
não difere quase de dizer o contrário dela
a mentira a fissura a covardia de não querer
saber se há algumas verdades e
onde
o vilipêndio de pisar no pescoço da verdade e
nem dar por isso

Michael e Michel têm o mesmo nome
quase
nome de um anjo

Não sei de que prata é a espada
que haverá de cair na cerrada
curva de nossas mãos cotidianas

(NÃO)
POEMA PARA UM DIA DE ISOLAMENTO

O mundo é pequeno

Não do tamanho do beco
de um ovo
de um grão de mostarda

Era do tamanho da distância entrc onde
moro e o Banco do Brasil da Rua Haddock Lobo até
nem isso até mal ser a
porta aonde chega o carrinho do supermercado vindo da
ignota lonjura do mundo

O mundo é pequeno
chato
terra plana

Não do tamanho de um feto
de um relicário

Mas da cabeça de um bolsonarista
ou
da medida das minhas lágrimas após
vinte minutos de Google Street View

O CONTRÁRIO DA EXISTÊNCIA

Temos chorado muito de Brasil de opróbrio
inércia insônia neste país
(neste ¿o quê?)
da morte dos desejos qualquer desejo que não seja
da própria morte da morte mesma

Temos chorado de muita casa e casa alguma
de lembrar do tempo
(¿quando é que foi?)
que se voltava a casa na pequena apoteose de todo os dias
choramos de ver fotos já antigas que nos mostram
quando havia rua casa alguém algum lugar
o jogo do Vasco a festa toda errada o encontro certo quando
tínhamos vontade de voltar a casa e aí
choramos

Só que eu não chorei de nada disso
essas coisas não me choraram

Chorei ao ver meu par de meias da Track and
Field abandonado posto exposto ao puro
desuso ao contrário
da existência

PATROPI

Moro num país tropical abenço-
...

Maldita senha mal-vindas regras

Vizinhos fazem churrasco na churrasqueira aqui
do prédio
Fica ela
eles ficam
na garagem

Não temos play nem o que o valha

Mas eles brincam e riem e só escuto as
torpes vozes masculinas e o som infame da
rádio FM que escolheram

Nunca tive um vizinho barulhento ouvindo
Miles (com quem ora os combato) PJ Harvey
ou longamente o mantra Hare Krishna

Moro num patropi
¿Quem foi
Deus meu
que me ferrou a geografia sem
qualquer verso barroco?

CARTÃO AMARELO

Ninguém mais se isola
isolamento não há nesta ilha
isolada de céu de casa e
muitas coisas que é esta cidade este
país este refugo de algo que sequer
se deu não conhecemos nem quando sonhamos de
olhos mais abertos que um cadáver bem bem morto

Duas vezes em semanas seguidas bate
na porta aqui de casa um oficial de justiça não
isolado com a mesma roupa
(jeans t-shirt azul não se faz mais
alguém dirá
um oficial de justiça já como soía)
e máscara no rosto No olhar a expressão dos
oficiais de justiça piedosos
semelhante à do Collina quando tinha em
mão um cartellino giallo

Dioniso abriu a porta ouviu justiça tomou
um susto Abriu de novo ouviu justiça tomou
mais outro

Isolado nesta casa que não tenho em cidade que
me perde em chorume que nos banha todo dia em nada de
país recebo um passado mal vivido que me cobra
as contas de um muito amar errado
(assine a execução e a date)
vestido de jeans t-shirt azul e máscara num
rosto apiedado como o de quem
lamenta a não liberdade dos outros

LIXO

Diz a fria tela do elevador que um milionário chinês
Zhong Congrong
tem por hábito limpar as ruas da cidade sua enquanto alguém
conta seu dinheiro como um rosário pele gato pano

Alguém dirá que é melhor um milionário limpo
limpando as ruas que outros milionários

Si

Mas há de haver alguém que as ruas limpe de todo milionário
que não suje as ruas com monturos de dinheiro

Dinheiro não conhece pia

MÁQUINA DO TEMPO

I

Perivaldo
o Peri da Pituba
desde seu élan que tanto preza
disse
ao ver num écran jazente no
Sindicato dos Atletas de Futebol do
Estado do Rio de Janeiro
recentes pixels de Milton Nascimento
que não há entre eles dois nem nitidez nem
semelhança
Este o trabalho
ele entende
da máquina do tempo

Foi a descoberta de décadas

13 de agosto de 2016

II

Depois Perivaldo
sem nada dizer do outro
o mais velho o mais
feio
morreu

27 de julho de 2017

III

Perivaldo
vivo
cantava de gravata fosse onde fosse
até no banheiro
até quando catava lixo em Portugal

Perivaldo
morto
não viu o seu país tornar-se a cara
do mais desairoso dos genocidas

Ele foi para lugar melhor
etc.

1 de julho de 2022

MAGNETO

Todo ruim
ruim inteiro
meto-me num tubo rolante sem janela
metem-me num buraco fundo sem fundo aparente

O exame
a ressonância
é o tempo de um pesadelo longo e pequeno
é quase como estar neste país
(nesta cloaca)

Minha mãe o fazia e na cabeça
Já estava velha gritava quando
o tubo amassava sua caixa craniana
A cena recomeçava muitas vezes

O som da máquina é impura música
resposta a um tempo que industria pouco
como um Kraftwerk a que faltasse sobra ou
sobejasse falta
um dos dois

Todo ruim
ruim inteiro
meu único capricho é o faniquito

Salvam-me só os olhos da Evelyn em ponta-cabeça
as mãos nas minhas têmporas

Depois do fim do tubo é que eu virei a ser
feito de uma matéria melhor

BITCH

Evelyn
a de Gêmeos
sonhou que uma bela mulher a
abordava tentava atraí-la com sorrisos e
roçar de pano
digitais
muito bom papo
num bar com pouca luz e algumas vias

Já eu sonhei que nós nos tínhamos deixado e
eu me tornara bitch do
Marcelo Castro
(googleiem foto dele)
ministro emedebista da Dilma enquanto ela jogava
um jogo sem saúde pra gozar no final

¿Quem se deu melhor?

A culpa
no meu caso
e meu castigo
(e Evelyn bem livre)
é do coronavírus da dengue do golpe do país que me
deseja ser sujeito a um geminiano errado

Ou
a culpa é do petê

BABA

Gosto de cuspe em genitália
o meu na dela o seu na minha
abre lubrifica escande o que se ~~escon~~ esqueceu na in
dependência dos dois corpos que se
fazem inteiras genitálias e desgenitalizam tudo
É saliva sadiana
ou melhor
é um Kama Sutra

Gosto também de cuspir no chão quando
vejo uma pequena
a mais pequena
nódoa
Assim limpo alguns recônditos cantos da casa
À boca segue o séquito de baba pano e agachamento

Por isso não entendo
ou entendo mal
Jean Wyllys ter cuspido no estrupício que alçariam a
presidente do país que não tem Sade nem lê Sutra

Por isso entendo bem
agora sim
que um filho do estrupício peça ao Wyllys
(cospe em mim)
que lhe cuspa abra-se em língua e invente o corpo e faça a limpa

A PAIXÃO

NA POESIA

> Na poesia procuro uma casa onde o eco
> existe sem o grito que todavia o gera
>
> Gastão Cruz

1

Na poesia busco um escuro desvão de
tecido de trama grossa
procuro o recôndito escrito
o estrito tórax da carteira que
Júlia leva no bolso com
partes braços pedaços de ossos de alguns
poemas que escrevi

2

Molhado sob a chuva oblíqua de um
chuveiro quase público
cogito se a poesia era capaz de dizer
não o corpo do homem mais gostoso do lugar onde
me suo com frequência e frequencímetro
academia
(diz-se por aqui)
sem caverna ou perípata sombra
mas o corpo desse homem visto pela porta do blindex
fosco que o altera e o torna apenas
sombra em movimento rumo ao boxe
a meu lado

3

Quando entro no corpo da mulher
amada Quando a mulher amada entra em meu corpo e
choro como um bebê que nasce como um bebê que
morre de morte durada com berloque e
sino de todas as catedrais e um pneuma
inteiro em meu ouvido
¿Será que na poesia procuro
certo onde está o limite entre
a divisa a meio
o buraco que se-
para junto justo o ponto da crise a disrupção o lugar em que
tudo acabe para
um dia
ser apenas
¿que sei eu?
dor sem eixo sem mulher amada sem futuro fora
das fora de dessas fora de algumas
outras (que não sei)
palavras?

4

Não é na poesia que me enfio na dor
(é sim)
de um tempo que vai não vem só volta se eu
consigo torcê-lo a ponto de ser
torcido pelo tempo da mulher amada
madrugada imersa em nosso tempo e nossa
carne de mãos bambas técnicos dedos pensos para
o exercício da mesma carne estrita

Não é na poesia É no
corpo no tempo dos cabelos da mulher que amo
é na cintura onde me agarro e me escrevo enquanto
inscrevo
inscreve ela
a minha morte

5

Na
ou
A poesia procuro como bolso como
casa que (ruína ainda à mão dos operários)
me acolha tal o fogo do pequeno isqueiro
que acendo só para Dioniso apagar e sorrir num
dia improvisado de seus anos

QUARENTENA

A Ascensão de Cristo se celebra
40 dias depois da Páscoa
Uma quarentena
tal como a Quaresma
que se celebra 40 dias depois do Carnaval
(O Carnaval é que é 40 dias antes)

A Ascensão é hoje
21 de maio

40 dias estão na Bíblia
quase 40 vezes
Jesus tentado
(as chicotadas antes do
Calvário foram 39)
O dilúvio
Elias fugindo
etc.

Hoje são 40 dias depois da Páscoa
A Páscoa já estava em isolamento

Cristo ascendeu depois da morte
A morte de Cristo foi um trampolim

Na quarentena nossa de cada dia não há
quem suba só há
quem desça para
chorar na cama para
ranger os dentes para
cair nas covas

21 de maio de 2020

HÓSTIA

Agora
quando a morte se achega e uma
república de assassinos a recebe com
pompa e circunstância
a única resposta é a fé

Mas a fé não responde nada

Agradecemos só
Evelyn e eu
o direito que nossa independência cultivou de
não querermos agradecer por merda nenhuma

Agora é quando a fé
se esgota dentro desta
república de assassinos onde só nos resta receber
o álcool em gel na porta do mercado com as mesmas
mãos que acolheriam a hóstia

A PAIXÃO

1

A cruz tem um pano
o corpo tem roupa
Jesus os possui
bordados no corpo

O pano vermelho
suado o cabelo
da amada mulher
com febre e desejo

da cruz com seu pano
do santo seu Cristo
suado o cabelo
coroa de Cristo

2

Assim como nós perdoamos a quem
nos tem habitado de ódio
assim pecamos
para que possamos ~~esquecer~~ digerir a sangria de
não vermos não havermos um futuro nem
metade de quase
nada às vezes
tudo uma sombra que fosse um
lugar onde eu me interrogue te interrogue assim
como nós perdoamos a quem nos
tem

3

A cruz tem um pano
o corpo tem roupa
Jesus pode ter morrido nu
O sacerdote retira as quatro partes do
pano vermelho antes de adorarmos o corpo
pronto a
ser
adorado

Puro desejo
Morte pura

Escolho beijar
não os pés
não o tecido falso que esconde o pênis
(não sou digno de entrar na vossa morada)
mas o prego que estaca uma das mãos
a esquerda ou a direita
uma delas

4

O sagrado parece esta lua
que vejo da janela de minha casa nas
margens do Centro desta cidade

A Páscoa cristã vem depois da primeira lua cheia do
outono da
primavera
A primeira
esta
e se move

5

A morte vence por nocaute
os filhos
dela

A mãe morre depois nada conquista é
conquistada das dores
contempla agarra chora aqui bem perto e me conquista
nesta vida
e me segura o ombro
(o trapézio)
e só desaba
não desaba
em sua própria cama elástica

O paraíso

6

Alguém me chama para carregar
o adro da Virgem Maria
Aceito

19 de abril de 2019

O PESO DA MADEIRA

Valdiram foi encontrado morto em 19 de abril de 2019
Sexta-Feira da Paixão
Valdiram
ex-presidiário
jogou no Vasco há mais de dez anos
por pouco tempo
teve um breve brilho
(era saudado pela arquibancada com um grito sórdido
agora mórbido
Matador é Valdiram)
e depois
um pouco ou bem depois
foi tornado morador de rua em virtude de não caber se
não no seu vício em
álcool drogas ilícitas sexo

Valdiram teve algumas passagens pela polícia
Valdiram não
definitivamente não
cabia nos sistemas nas palestras na linha de nenhum time
na vida no outro nas relações de amor de poder de
nada
Valdiram violava pessoas de distintas idades
Por essas e outras Valdiram foi morto
provavelmente a pauladas
supostamente por vingança
encontrado na Sexta-Feira da Paixão e levado para o IML
onde o reconheceu um companheiro das ruas

Hoje o Vasco perdeu uma final de campeonato que
não poderia ter ganho
Estávamos do lado de cá da arquibancada
Dioniso
eu
e umas poucas vozes em torno da
terrível dignidade que é ser-se o que se é
o que não sabe errar diferente
o que só sabe gritar
o que
(quem)
se levanta no mesmo transe que nos possuiria caso tivéssemos
direito a sonhar aquele jogo

Dá no mesmo perder
ganhar
é a mesma cruz
muda só o peso da madeira
(meus ombros ainda os sinto por ter levado o adro de
Nossa Senhora das Dores na Procissão do Senhor
Morto)

21 de abril de 2019

EMMANUELLE

Ia à casa de uma prima de meu amigo
Flávio em Santa Teresa ver
rever
12 13 anos
o VHS do primeiro Emmanuelle
filme do ano em que nasci
Nunca
até Camões
entendi tão bem o que
no corpo
atende
(attend)
pelo nome de desejo
isto é
falta falta falta imagem pura
ali
na minha frente
só a imagem
passado então presente por uma
mágica qualquer de altíssima tecnologia

Passou
Passei
Esqueci num desvão mais eu que eu próprio os poros de
Sylvia Kristel
a primeira mulher que amei pois
mulher em todas as mulheres de quem fui um dia

Não a esqueceu a morte

A mim
na procura do tempo esquecido em minha dependência
assaltou
numa brasserie qualquer
a canção do filme que afinal guardou
tal os 12 13 anos
tal nascer
meu coração boiando ao lado do cenho
dos cílios d'
Emmanuelle

(Mélodie d'amour chantait le
cœur d'Emmanuelle
qui bat cœur à corps perdu
Mélodie d'amour chantait le
corps d'Emmanuelle
qui vit corps à cœur déçu)

SAGRADO ÍNTIMO

SAGRADO ÍNTIMO

Tenho fé não me a fé não tem
Mantenho-me na carne é o que dói
Pouso os pés na terra caio n'
água o que é cabeça em mim se
firma não some senta aos pés da
fé olhando-a nos olhos
querendo ver ser visto e
abandonar

Mergulho no teu corpo onde é o meu
mais íntimo sagrado
tudo além de mim tudo o
alcance de perder olhar ser espelho
arder os pelos que
tão poucos
mordem-me das tuas pernas
chagam (quase nada) a minha pele e
nado

Agora é quando morro e tem-me a
fé em ti os pedacinhos de morrer
nascer de novo e crer no amor
o corpo e a terra
o bicho do céu nu e tão pequeno reza
urra E deitas-me cavalo que é
completo dentes que te é dado

Recebo-te danado

Tenho fé me a fé que tens
mantém-me pés e água
firme tal as lágrimas que deixam
digo de rastros
salvo o dia minha vida aos pés
de fé criando-me teus olhos
fúria e santo da tua educação
de altar e seios e cabelos
(possessa é o que me tomas)
misturados

MAS DEVO E

Uma dádiva
Devagar
Desta vida só reza a boca
mais molhada
babando a dúvida em cima
do teu barco do teu tabaco

Se divido os átomos da minha
idade eu duvido aos poucos
do haver dívida
mas devo e
quanto mais te pago mais

CÃO

Eu que não sinto amor pet detesto o anglicismo a
fofura e não gosto de cão nem
de gato (só um pouco das gatas maníacas e misantropas)
Eu que detesto barulho de bicho e compreendo bem quem
joga bola de carne envenenada para cães da vizinhança
(nem tanto)
Eu que associo o amor a cachorro ao Crivella aos nazis
a quem não gosta de gente e eu
apesar de tudo
até gosto
(nem sempre)
Eu que admiro é os lobos e os cães só quando
são belzebu babando mostrando os dentes mordendo
tudo o que se mova ao redor
(não nossos móveis)
deixando as pessoas
me incluo
a quilômetros sem nem latir

Eu sou
depois ou antes de ser o que fui e não conheço
mais e desconheço ainda
sou
(eu que não gosto de bichos de amor pet mas
amor sou até o último fio do cabelo)
único
teu
cão

BASKET

Com a língua a boca toda a região que
(não)
fala posta em lugar certo no centro do assunto no meio das
pernas onde ela
(boca religião língua)
gosta
gosto
de estar
ouvi-a revelar que deixara a erva para atrair gatos no saco
errado o que jogáramos
fora

É nela é ela sempre que
acerto a-
certa sempre

ENJOY

Enjoy
in
joy

Gioia
brilhando em nossos
joelhos ombros cabeças pés
gioia a te sia
dolce amica

Enchente
enjoy
in
gioia

Acontece

SHORT

Ao ver pela janela da sala
onde me debrucei mesmo para vê-la
Evelyn atravessar atrás de uma
garrafa de refrigerante rumo à
venda do outro lado da rua
(a que pertence ao mesmo homem que tem a loja de
ferragens que não fecha nunca)
no calor de 31 de dezembro
pensei duas coisas
quer dizer
três

a primeira
mesmo ao só cruzar a rua temos que levar nosso
corpo inteiro
quer dizer
é a mesma assembleia reunida de pedaços
que vai comprar Coca ou vai até Lisboa vai a
Vênus ou a Constantinopla

a segunda não quero dizer
não cabe nestes versos

a terceira
um dos caminhos curtos para a esperança ver-se
feita nova salvação a cada dia
em muitas horas
um dos fogos de artifício verdadeiro que arde e a gente
vê com a mandíbula trincada
é essa bermuda jeans com três botões que nasceu com a
vocação de ser
shortinho

PIMENTA

Deixando-se estar a pose o
positivo
acende-se a brasa do movimento
das estrelas
(quadris sim seios)
correspondente a comida de festa

Aí você preme o botão mágico
toca toca
aguça o olfato e aperta o lança-
chamas
(boca sim olhos lombar sim)

Aí fazemos de novo nosso pacto e
tudo passa ficando
e fica a passar

dentro aqui da casa

ROSA

No primeiro trem em que entramos juntos
(era Santa Apolónia você lembra)
rumo a uma Coimbra cheia de fumaça e rogos
na primeira hora daquele trem que você desejou como se
gostasse de um sabor antigo
lento
de pele de homem já entrado em escada e anos
no momento em que o rio era um brilho que não há na
poesia que amamos de mãos dadas
você
dormiu

Seria a mais bela indisposição de nosso amor
É que não teve outra

Precisamos de Lisboa Santa
Apolónia sem Elizabeth foi preciso essa cidade
que me viu mais que a nós mas só me vê agora
a mim se estamos arrepiados de outra língua
para andarmos de trem

Vivemos num país sem trilhos
Gostamos de dobradiças

O segundo trem nos vomitou de volta a Lisboa Santa
Apolónia a pouca mala e a subida até onde pode uma
terra úmida de eu te querer e você topar minha pele
cada vez mais seca
menos lustrosa mais risonha
mas não subimos e compramos ali na Rua do Jardim do

Tabaco aquele Camões cor-de-rosa que não olha ninguém
mas bem possui a dignidade de um trompe-l'oeil

E é com você que eu vivo num trem sem
nenhum país

SOL EM GÊMEOS

Boca a boca
língua no pé do teu ouvido
pés no teus pés com
muitas asas
Mercúrio é eu no verão
deste sopro
(sópro)
na temperatura alta de
fazer suor em plena
curva de nossas lombares

Sóis o começo

21 de maio de 2022

JUNHO

Honey
é junho

O mês que faz menos de quente mais de
você mês de morrer Camões morrer Beatrice
ela no 9 ele no 10 enquanto você des
morreu num dia 8

É junho
amor

Começa a correr mais lesto o relógio
o que não para nunca
Escorre Mercúrio seu sangue e
antes de falar
reflete

E fala

Evelyn
amada
é junho

E eu bem sabia
(só não que sim)
que acessos há que não vedar se sabem

1 de junho de 2022

34

Tomemos qualquer número
por exemplo
o 34

¿Onde é que acabam os números?

Confesso que não sei porém suspeito que
só porque te vi minha senhora
pude aceder a uns números áureos
aos 0s
ao vazio que nunca conheci jamais conheceria você
não trouxesse um buraco grande e
enormemente negro

Cair é veloz e lento

Tomemos qualquer número
34
Peguemos na veia dos algarismos traslademo-los
ao corpo que se exploda se turja sempre e um pouco mais
e derreta vire água
melada
a de manchar lençóis

Caio
graças a Deus ao diabo a você e ao Condestável Santo

Tomemos qualquer número
por exemplo
o 34

Hora é de continuarmos a rir

8 de junho de 2022

DOENÇA

A doença nos deitou em cama várias
vezes Agora a doença me tirou dos versos que dizem
(não dizem) teu corpo mas não do corpo que é teu e
que não negocia com vírus ou hérnia
com garganta inflamada
(só quando inflama a garganta)
ou febre média

Vapu

E lá arrastamos a cama
lá se atiçaram mamilos e a pose da sereia e nas paredes
os pés enquanto os dedos
(os meus em você ou seus em você mesma em mim)
tocavam melhor que os da
Katia Buniatišvili

Faltaram poemas nos dias de vírus
sobrou de vírus trocas na noite de isso e
aquilo e
arfar e

:

Sem cura

SINTOMA

Só há sintoma
E cisma e melancolia

Você cismou comigo desde aquele dia em São Domingos quando
jogou pouco o cabelo e dividimos cigarros de qualidade
[industrial
depois quando tomamos e tomamos e ainda estamos tomando
muita coisa num bar na Zona Sul que nunca fecha
não fechará nunca

Cismei contigo quando dei pelo sintoma de estar deitado na
[banheira do motel
dizendo que era inevitável me apaixonar por você
Ainda é
É que eu me apaixono todo dia
E todo dia morro

Quero que você monte uma festa quando eu morrer
se agora
se depois de anos
Não prometo fazer o mesmo mas juro
(em falso)
tocar o Dvořák em teu enterro

Mas antes há um monte de sintomas
E cismas

Melancolia é uma cadela nossa
Nós suas pulgas

Agradeço a Maria Teresa Dias Furtado (celanianamente), Carlos Mendes de Sousa (cinematograficamente) e Maria Roldão (ferroviariamente) o kairós de três dos poemas presentes neste livro

"Baba" vem de Ato poético - poemas pela democracia *(Oficina Raquel), manifesto coletivo que Márcia Tiburi e eu organizamos em 2020. Luiz Inácio Lula da Silva escreveu a orelha.*

Este livro foi impresso em papel pólen bold 90g,
com a tipologia Minion Pro 12/13,8 em 2023